Biblioteca
Era

José Emilio Pacheco

Las batallas en el desierto

José Emilio Pacheco

Las batallas en el desierto

FOTOGRAFÍAS *de* NACHO LÓPEZ

Ediciones Era

EDICIÓN CONMEMORATIVA A TREINTA AÑOS DE LA PRIMERA PUBLICACIÓN DE *LAS BATALLAS EN EL DESIERTO* EN BIBLIOTECA ERA.

Viñetas de p. 4 y contraportada: Vicente Rojo
Ilustraciones: fotografías de Nacho López
Fototeca Nacional del INAH en Pachuca-México, Fondo Nacho López.
Portada: cat. 383039; p. I del pliego de ilustraciones: cat. 382754;
p. II: cat. 382992; p. IV: cat. 376821; p. V: cat. 382523;
p. VI: cat. 406888; p. VII: cat. 382859; p. VIII: cat. 382802

Ilustración p. III: cortesía de la Galería López Quiroga

Primera edición en Biblioteca Era: 1981
Primera edición ilustrada: 2011
ISBN: 978-607-445-056-9

Calle del Trabajo 31, 14269 México, D.F.
Impreso y hecho en México
Printed and made in Mexico

www.edicionesera.com.mx.

A la memoria de José Estrada,
Alberto Isaac y Juan Manuel Torres,

y a Eduardo Mejía

The past is a foreign country. They do things differently there.

L. P. Hartley, *The Go-Between*

CFE
GOODRICH
EUZKADI
TOME
XX
CERVEZA
MOCTEZUMA

OPOLITAN
HOTEL
CALVIN
MIRAMAR
FOTO
RESTAURANT
Miramar
RESTAURANT

I

El mundo antiguo

....

Me acuerdo, no me acuerdo: ¿qué año era aquél? Ya había supermercados pero no televisión, radio tan sólo: Las aventuras de Carlos Lacroix, Tarzán, El Llanero Solitario, La Legión de los Madrugadores, Los Niños Catedráticos, Leyendas de las calles de México, Panseco, El Doctor I. Q., La Doctora Corazón desde su Clínica de Almas. Paco Malgesto narraba las corridas de toros, Carlos Albert era el cronista de futbol, el Mago Septién trasmitía el beisbol. Circulaban los primeros coches producidos después de la guerra: Packard, Cadillac, Buick, Chrysler, Mercury, Hudson, Pontiac, Dodge, Plymouth, De Soto. Íbamos a ver películas de Errol Flynn y Tyrone Power, a matinés con una de episodios completa: La invasión de Mongo era mi predilecta. Estaban de moda Sin ti, La rondalla, La burrita, La múcura, Amorcito Corazón. Volvía a sonar en todas partes un antiguo bolero puertorriqueño: Por alto esté el cielo en el mundo, por hondo que sea el mar profundo, no habrá una barrera en el mundo que mi amor profundo no rompa por ti.

Fue el año de la poliomielitis: escuelas llenas de niños con aparatos ortopédicos; de la fiebre aftosa: en todo el país fusilaban por decenas de miles reses enfermas; de las inundaciones: el centro de la ciudad se convertía otra vez en laguna, la gente iba por las calles en lancha. Dicen que con la próxima tormenta estallará el Canal del Desagüe y anegará la capital. Qué importa, contestaba mi hermano, si bajo el régimen de Miguel Alemán ya vivimos hundidos en la mierda.

La cara del Señorpresidente en dondequiera: dibujos inmensos, retratos idealizados, fotos ubicuas, alegorías del progreso con Miguel Alemán como Dios Padre, caricaturas laudatorias, monumentos. Adulación pública, insaciable maledicencia privada. Escribíamos mil veces en el cuaderno de castigos: Debo ser obediente, debo ser obediente, debo ser obediente con mis padres y con mis maestros. Nos enseñaban historia patria, lengua nacional, geografía del DF: los ríos (aún quedaban ríos), las montañas (se veían las montañas). Era el mundo antiguo. Los mayores se quejaban de la inflación, los cambios, el tránsito, la inmoralidad, el ruido, la delincuencia, el exceso de gente, la mendicidad, los extranjeros, la corrupción, el enriquecimiento sin límite de unos cuantos y la miseria de casi todos.

Decían los periódicos: El mundo atraviesa por un momento angustioso. El espectro de la guerra final se proyecta en el horizonte. El símbolo sombrío de nuestro tiempo es el hongo atómico. Sin embargo había esperanza. Nuestros libros de texto afirmaban: Visto en el mapa México tiene forma de cornucopia o cuerno de la abundancia. Para el impensable año dos mil se auguraba –sin especificar cómo íbamos a lograrlo– un porvenir de plenitud y bienestar universales. Ciudades limpias, sin injusticia, sin pobres, sin violencia, sin congestiones, sin basura. Para cada familia una casa ultramoderna y aerodinámica (palabras de la época). A nadie le faltaría nada. Las máquinas harían todo el trabajo. Calles repletas de árboles y fuentes, cruzadas por vehículos sin humo ni estruendo ni posibilidad de colisiones. El paraíso en la tierra. La utopía al fin conquistada. Mientras tanto nos modernizábamos, incorporábamos a nuestra habla términos que primero habían sonado como pochismos en las películas de Tin Tan y luego insensiblemente se mexicanizaban: tenquiu, oquéi, uasamara, sherap, sorry, uan móment pliis. Empezábamos a comer hamburguesas, pays, donas, jotdogs, malteadas, áiscrim, margarina, mantequilla de cacahuate. La Coca-Cola sepultaba las aguas frescas de jamaica, chía, limón. Los pobres seguían tomando tepache. Nuestros padres se habituaban al jaibol que en principio les supo a medicina. En mi casa está prohibido el tequila, le escuché decir a mi tío Julián. Yo nada más sirvo whisky a mis invitados: hay que blanquear el gusto de los mexicanos.

II

Los desastres de la guerra

En los recreos comíamos tortas de nata que no se volverán a ver jamás. Jugábamos en dos bandos: árabes y judíos. Acababa de establecerse Israel y había guerra contra la Liga Árabe. Los niños que de verdad eran árabes y judíos sólo se hablaban para insultarse y pelear. Bernardo Mondragón, nuestro profesor, les decía: Ustedes nacieron aquí. Son tan mexicanos como sus compañeros. No hereden el odio. Después de cuanto acaba de pasar (las infinitas matanzas, los campos de exterminio, la bomba atómica, los millones y millones de muertos), el mundo de mañana, el mundo en el que ustedes serán hombres, debe ser un sitio de paz, un lugar sin crímenes y sin infamias. En las filas de atrás sonaba una risita. Mondragón nos observaba tristísimo, se preguntaba qué iba a ser de nosotros con los años, cuántos males y cuántas catástrofes aún estarían por delante.

Hasta entonces el imperio otomano perduraba como la luz de una estrella muerta: Para mí, niño de la colonia Roma, árabes y judíos eran "turcos". Los "turcos" no me resultaban extraños como Jim, que nació en San Francisco y hablaba sin acento los dos idiomas; o Toru, crecido en un campo de concentración para japoneses; o Peralta y Rosales. Ellos no pagaban colegiatura, estaban becados, vivían en las vecindades ruinosas de la colonia de los Doctores. La calzada de La Piedad, todavía no llamada avenida Cuauhtémoc, y el parque Urueta formaban la línea divisoria entre Roma y Doctores. Romita era un pueblo aparte. Allí acecha el Hombre del Costal, el gran Robachicos. Si vas a Romita, niño, te secuestran, te sacan los ojos, te cortan las manos y la lengua, te ponen a pedir caridad y el Hombre del Costal se queda con todo. De día es un mendigo; de noche un millonario elegantísimo gracias a la explotación de sus víctimas. El miedo de estar cerca de Romita. El miedo de pasar en tranvía por el puente de avenida Coyoacán: sólo rieles y durmientes; abajo el río sucio de La Piedad que a veces con las lluvias se desborda.

Antes de la guerra en el Medio Oriente el principal deporte de nuestra clase consistía en molestar a Toru. Chino chino japonés: come caca y no me des. Aja, Toru, embiste: voy a clavarte un par de banderillas. Nunca me sumé a las burlas. Pensaba en lo que sentiría yo, único mexicano en una escuela de Tokio; y lo que sufriría Toru con aquellas películas en que los japoneses eran representados como simios gesticulantes y morían por millares. Toru, el mejor del grupo, sobresaliente en todas las materias. Siempre estudiando con su libro en la mano. Sabía jiu-jitsu. Una vez se cansó y por poco hace pedazos a Domínguez. Lo obligó a pedirle perdón de rodillas. Nadie volvió a meterse con Toru. Hoy dirige una industria japonesa con cuatro mil esclavos mexicanos.

Soy de la Irgún. Te mato: Soy de la Legión Árabe. Comenzaban las batallas en el desierto. Le decíamos así porque era un patio de tierra colorada, polvo de tezontle o ladrillo, sin árboles ni plantas, sólo una caja de cemento al fondo. Ocultaba un pasadizo hecho en tiempos de la persecución religiosa para llegar a la casa de la esquina y huir por la otra calle. Considerábamos el subterráneo un vestigio de épocas prehistóricas. Sin embargo, en aquel momento la guerra cristera se hallaba menos lejana de lo que nuestra infancia está de ahora. La guerra en que la familia de mi madre participó con algo más que simpatía. Veinte años después continuaba venerando a los mártires como el padre Pro y Anacleto González Flores. En cambio nadie recordaba a los miles de campesinos muertos, los agraristas, los profesores rurales, los soldados de leva.

Yo no entendía nada: la guerra, cualquier guerra, me resultaba algo con lo que se hacen películas. En ella tarde o temprano ganan los buenos (¿quiénes son los buenos?). Por fortuna en México no había guerra desde que el general Cárdenas venció la sublevación de Saturnino Cedillo. Mis padres no podían creerlo porque su niñez, adolescencia y juventud pasaron sobre un fondo continuo de batallas y fusilamientos. Pero aquel año, al parecer, las cosas andaban muy bien: a cada rato suspendían las clases para llevarnos a la inauguración de carreteras, avenidas, presas, parques deportivos, hospitales, ministerios, edificios inmensos.

Por regla general eran nada más un montón de piedras. El presidente inauguraba enormes monumentos inconclusos a sí mismo. Horas y horas bajo el sol sin movernos ni tomar agua –Rosales trae limones; son muy buenos para la sed; pásate uno– esperando la llegada de Miguel Alemán. Joven, sonriente, simpático, brillante, saludando a bordo de un camión de redilas con su comitiva.

Aplausos, confeti, serpentinas, flores, muchachas, soldados (todavía con sus cascos franceses), pistoleros (aún nadie los llamaba guaruras), la eterna viejecita que rompe la valla militar y es fotografiada cuando entrega al Señorpresidente un ramo de rosas.

Había tenido varios amigos pero ninguno les cayó bien a mis padres: Jorge por ser hijo de un general que combatió a los cristeros; Arturo por venir de una pareja divorciada y estar a cargo de una tía que cobraba por echar las cartas; Alberto porque su madre viuda trabajaba en una agencia de viajes, y una mujer decente no debía salir de su casa. Aquel año yo era amigo de Jim. En las inauguraciones, que ya formaban parte natural de la vida, Jim decía: Hoy va a venir mi papá. Y luego: ¿Lo ven? Es el de la corbata azul marino. Allí está junto al presidente Alemán. Pero nadie podía distinguirlo entre las cabecitas bien peinadas con linaza o Glostora. Eso sí: a menudo se publicaban sus fotos. Jim cargaba los recortes en su mochila. ¿Ya viste a mi papá en el Excélsior? Qué raro: no se parecen en nada. Bueno, dicen que salí a mi mamá. Voy a parecerme a él cuando crezca.

III

Alí Babá y los cuarenta ladrones

....

Era extraño que si su padre tenía un puesto tan importante en el gobierno y una influencia decisiva en los negocios, Jim estudiara en un colegio de mediopelo, propio para quienes vivíamos en la misma colonia Roma venida a menos, no para el hijo del poderosísimo amigo íntimo y compañero de banca de Miguel Alemán; el ganador de millones y millones a cada iniciativa del presidente: contratos por todas partes, terrenos en Acapulco, permisos de importación, constructoras, autorizaciones para establecer filiales de compañías norteamericanas; asbestos, leyes para cubrir todas las azoteas con tinacos de asbesto cancerígeno; reventa de leche en polvo hurtada a los desayunos gratuitos en las escuelas populares, falsificación de vacunas y medicinas, enormes contrabandos de oro y plata, inmensas extensiones compradas a centavos por metro, semanas antes de que se anunciaran la carretera o las obras de urbanización que elevarían diez mil veces el valor de aquel suelo; cien millones de pesos cambiados en dólares y depositados en Suiza el día anterior a la devaluación.

Aún más indescifrable resultaba que Jim viviera con su madre no en una casa de Las Lomas, o cuando menos Polanco, sino en un departamento en un tercer piso cerca de la escuela. Qué raro. No tanto, se decía en los recreos: la mamá de Jim es la *querida* de ese tipo. La esposa es una vieja horrible que sale mucho en sociales. Fíjate cuando haya algo para los niños pobres (je je, mi papá dice que primero los hacen pobres y luego les dan limosna) y la verás retratada: espantosa, gordísima. Parece guacamaya o mamut. En cambio la mamá de Jim es muy joven, muy guapa, algunos creen que es su hermana. Y él, terciaba Ayala, no es hijo de ese cabrón ratero que está chingando a México, sino de un periodista gringo que se llevó a la mamá a San Francisco y nunca se casó con ella. El Señor no trata muy bien al pobre de Jim. Dicen que tiene mujeres por todas partes. Hasta estrellas de cine y toda la cosa. La mamá de Jim sólo es una entre muchas.

No es cierto, les contestaba yo. No sean así. ¿Les gustaría que se hablara de sus madres en esa forma? Nadie se atrevió a decirle estas cosas a Jim pero él, como si adivinara la murmuración, insistía: Veo poco a mi papá porque siempre está fuera, trabajando al servicio de México. Sí cómo no, replicaba Alcaraz: "trabajando al servicio de México": Alí Babá y los cuarenta ladrones. Dicen en mi casa que están robando hasta lo que no hay. Todos en el gobierno de Alemán son una bola de ladrones. Ya que te compre otro suetercito con lo que nos roba.

Jim se pelea y no quiere hablar con nadie. No me imagino qué pasaría si se enterase de los rumores acerca de su madre. (Cuando él está presente los ataques de nuestros compañeros se limitan al Señor.) Jim se ha hecho mi amigo porque no soy su juez. En resumidas cuentas, él qué culpa tiene. Nadie escoge cómo nace, en dónde nace, cuándo nace, de quiénes nace. Y ya no vamos a entrar en la guerra de los recreos. Hoy los judíos tomaron Jerusalén pero mañana será la venganza de los árabes.

Los viernes, a la salida de la escuela, iba con Jim al Roma, el Royal, el Balmori, cines que ya no existen. Películas de Lassie o Elizabeth Taylor adolescente. Y nuestro predilecto: programa triple visto mil veces: Frankenstein, Drácula, El Hombre Lobo. O programa doble: Aventuras en Birmania y Dios es mi copiloto. O bien, una que al padre Pérez del Valle le encantaba proyectar los domingos en su Club Vanguardias: Adiós, míster Chips. Me dio tanta tristeza como Bambi. Cuando a los tres o cuatro años vi esta película de Walt Disney, tuvieron que sacarme del cine llorando porque los cazadores mataban a la mamá de Bambi. En la guerra asesinaban a millones de madres. Pero no lo sabía, no lloraba por ellas ni por sus hijos; aunque en el Cinelandia –junto a las caricaturas del Pato Donald, el Ratón Mickey, Popeye el Marino, el Pájaro Loco y Bugs Bunny– pasaban los noticieros: bombas cayendo a plomo sobre las ciudades, cañones, batallas, incendios, ruinas, cadáveres.

IV

Lugar de enmedio

Éramos tantos hermanos que no podía invitar a Jim a mi casa. Mi madre siempre arreglando lo que dejábamos tirado, cocinando, lavando ropa; ansiosa de comprar lavadora, aspiradora, licuadora, olla express, refrigerador eléctrico. (El nuestro era de los últimos que funcionaban con un bloque de hielo cambiado todas las mañanas.) En esa época mi madre no veía sino el estrecho horizonte que le mostraron en su casa. Detestaba a quienes no eran de Jalisco. Juzgaba extranjeros al resto de los mexicanos y aborrecía en especial a los capitalinos. Odiaba la colonia Roma porque empezaban a desertarla las buenas familias y en aquellos años la habitaban árabes y judíos y gente del sur: campechanos, chiapanecos, tabasqueños, yucatecos. Regañaba a Héctor que ya tenía veinte años y en vez de asistir a la Universidad Nacional en donde estaba inscrito, pasaba las semanas en el

Swing Club y en billares, cantinas, burdeles. Su pasión era hablar de mujeres, política, automóviles. Tanto quejarse de los militares, decía, y ya ven cómo anda el país cuando imponen en la presidencia a un civil. Con mi general Henríquez Guzmán, México estaría tan bien como Argentina con el general Perón. Ya verán, ya verán cómo se van a poner aquí las cosas en 1952. Me canso que, con el PRI o contra el PRI, Henríquez Guzmán va a ser presidente.

Mi padre no salía de su fábrica de jabones que se ahogaba ante la competencia y la publicidad de las marcas norteamericanas. Anunciaban por radio los nuevos detergentes: Ace, Fab, Vel, y sentenciaban: El jabón pasó a la historia. Aquella espuma que para todos (aún ignorantes de sus daños) significaba limpieza, comodidad, bienestar y, para las mujeres, liberación de horas sin término ante el lavadero, para nosotros representaba la cresta de la ola que se llevaba nuestros privilegios.

Monseñor Martínez, arzobispo de México, decretó un día de oración y penitencia contra el avance del comunismo. No olvido aquella mañana: en el recreo le mostraba a Jim uno de mis Pequeños Grandes Libros, novelas ilustradas que en el extremo superior de la página tenían cinito (las figuras parecían moverse si uno dejaba correr las hojas con el dedo pulgar), cuando Rosales, que nunca antes se había metido conmigo, gritó: Hey, miren: esos dos son putos. Vamos a darles pamba a los putos. Me le fui encima a golpes. Pásame a tu madre, pinche buey, y verás qué tan puto, indio pendejo. El profesor nos separó. Yo con un labio roto, él con sangre de la nariz que le manchaba la camisa.

Gracias a la pelea mi padre me enseñó a no despreciar. Me preguntó con quién me había enfrentado. Llamé *indio* a Rosales. Mi padre dijo que en México todos éramos indios, aun sin saberlo ni quererlo. Si los indios no fueran al mismo tiempo los pobres nadie usaría esa palabra a modo de insulto. Me referí a Rosales como "pelado". Mi padre señaló que nadie tiene la culpa de estar en la miseria, y antes de juzgar mal a alguien debía pensar si tuvo las mismas oportunidades que yo.

Millonario frente a Rosales, frente a Harry Atherton yo era un mendigo. El año anterior, cuando aún estudiábamos en el Colegio México, Harry Atherton me invitó una sola vez a su casa en Las Lomas: billar subterráneo, piscina, biblioteca con miles de tomos encuadernados en piel, despensa, cava, gimnasio, vapor, cancha de tenis, seis baños. (¿Por qué tendrán tantos baños las casas ricas mexicanas?) Su cuarto daba a un jardín en decli-

VEA
VEA
VEA
VEA
VEA
VEA
VEA
POLICIA
40 Cts.
RESCATO
EBRIO DE ALCOHOL, MATO
LA VICTIMA
Mañana
La Fiesta
La Fiesta
SEMANARIO GRAFICO TAURINO
La Fiesta
Figuras

724-52

ve con árboles antiguos y una cascada artificial. A Harry no lo habían puesto en el Americano sino en el México para que conociera un medio de lengua española y desde temprano se familiarizara con quienes iban a ser sus ayudantes, sus prestanombres, sus eternos aprendices, sus criados.

Cenamos. Sus padres no me dirigieron la palabra y hablaron todo el tiempo en inglés. Honey, how do you like the little Spic? He's a midget, isn't he? Oh Jack, please. Maybe the poor kid is catching on. Don't worry, dear, he wouldn't understand a thing. Al día siguiente Harry me dijo: Voy a darte un consejo: aprende a usar los cubiertos. Anoche comiste filete con el tenedor del pescado. Y no hagas ruido al tomar la sopa, no hables con la boca llena, mastica despacio trozos pequeños.

Lo contrario me pasó con Rosales cuando acababa de entrar en esta escuela, ya que ante la crisis de su fábrica mi padre no pudo seguir pagando las colegiaturas del México. Fui a copiar unos apuntes de civismo a casa de Rosales. Era un excelente alumno, el de mejor letra y ortografía, y todos lo utilizábamos para estos favores. Vivía en una vecindad apuntalada con vigas. Los caños inservibles anegaban el patio. En el agua verdosa flotaba mierda.

A los veintisiete años su madre parecía de cincuenta. Me recibió muy amable y, aunque no estaba invitado, me hizo compartir la cena. Quesadillas de sesos. Me dieron asco. Chorreaban una grasa extrañísima semejante al aceite para coches. Rosales dormía sobre un petate en la sala. El nuevo hombre de su madre lo había expulsado del único cuarto.

V

Por hondo que sea el mar profundo

....

El pleito convenció a Jim de que yo era su amigo. Un viernes hizo lo que nunca había hecho: me invitó a merendar en su casa. Qué pena no poder llevarlo a la mía. Subimos al tercer piso y abrió la puerta. Traigo llave porque a mi mamá no le gusta tener sirvienta. El departamento olía a perfume, estaba ordenado y muy limpio. Muebles flamantes de Sears Roebuck. Una foto de la señora por Semo, otra de Jim cuando cumplió un año (al fondo el Golden Gate), varias del Señor con el presidente en ceremonias, en inauguraciones, en el Tren Olivo, en el avión El Mexicano, en fotos de conjunto. *El Cachorro de la Revolución* y su equipo: los primeros universitarios que gobernaban el país. Técnicos, no políticos. Personalidades morales intachables, insistía la propaganda.

Nunca pensé que la madre de Jim fuera tan joven, tan elegante y sobre todo tan hermosa. No supe qué decirle. No puedo describir lo que sentí cuando ella me dio la mano. Me hubiera gustado quedarme allí mirándola. Pasen por favor al cuarto de Jim. Voy a terminar de prepararles la merienda. Jim me enseñó su colección de plumas atómicas (los bolígrafos apestaban, derramaban tinta viscosa; eran la novedad absoluta aquel año en que por última vez usábamos tintero, manguillo, secante), los juguetes que el Señor le compró en Estados Unidos: cañón que disparaba cohetes de salva, cazabombardero de propulsión a chorro, soldados con lanzallamas, tanques de cuerda, ametralladoras de plástico (apenas comenzaban los plásticos), tren eléctrico Lionel, radio portátil. No llevo nada de esto a la escuela porque nadie tiene juguetes así en México. No, claro, los niños de la Segunda Guerra Mundial no tuvimos juguetes. Todo fue producción militar. Hasta la Parker y la Esterbrook, leí en Selecciones, fabricaron en vez de plumas materiales de guerra. Pero no me importaban los juguetes. Oye ¿cómo dijiste que se llama tu mamá? Mariana. Le digo así, no le digo mamá. ¿Y tú? No, pues no, a la mía le hablo de usted; ella también les habla de usted a mis abuelitos. No te burles Jim, no te rías.

Pasen a merendar, dijo Mariana. Y nos sentamos. Yo frente a ella, mirándola. No sabía qué hacer: no probar bocado o devorarlo todo para halagarla. Si como, pensará que estoy hambriento; si no como, creerá que no me gusta lo que hizo. Mastica despacio, no hables con la boca llena. ¿De qué podemos conversar? Por fortuna Mariana rompe el silencio. ¿Qué te parecen? Les dicen Flying Saucers: platos voladores, sándwiches asados en este aparato. Me encantan, señora, nunca había comido nada tan delicioso. Pan Bimbo, jamón, queso Kraft, tocino, mantequilla, ketchup, mayonesa, mostaza. Eran todo lo contrario del pozole, la birria, las tostadas de pata, el chicharrón en salsa verde que hacía mi madre. ¿Quieres más platos voladores? Con mucho gusto te los preparo. No, mil gracias, señora. Están riquísimos pero de verdad no se moleste.

Ella no tocó nada. Habló, me habló todo el tiempo. Jim callado, comiendo uno tras otro platos voladores. Mariana me preguntó: ¿A qué se dedica tu papá? Qué pena contestarle: Es dueño de una fábrica, hace jabones de tocador y de lavadero. Lo están arruinando los detergentes. ¿Ah sí? Nunca lo había pensado. Pausas, silencios. ¿Cuántos hermanos tienes? Tres hermanas y un hermano. ¿Son de aquí de la capital? Sólo la más chica y yo, los demás nacieron en Guadalajara. Teníamos una casa muy grande en la calle de San Francisco.

Ya la tumbaron. ¿Te gusta la escuela? La escuela no está mal aunque –¿verdad Jim?– nuestros compañeros son muy latosos.

Bueno, señora, con su permiso, ya me voy. (¿Cómo aclararle: Me matan si regreso después de las ocho?) Un millón de gracias, señora. Todo estuvo muy rico. Voy a decirle a mi mamá que compre el asador y me haga platos voladores. No hay en México, intervino por primera vez Jim. Si quieres te lo traigo ahora que vaya a los Estados Unidos.

Aquí tienes tu casa. Vuelve pronto. Muchas gracias de nuevo, señora. Gracias, Jim. Nos vemos el lunes. Cómo me hubiera gustado permanecer allí para siempre o cuando menos llevarme la foto de Mariana que estaba en la sala. Caminé por Tabasco, di vuelta en Córdoba para llegar a mi casa en Zacatecas. Los faroles plateados daban muy poca luz. Ciudad en penumbra, misteriosa colonia Roma de entonces. Átomo del inmenso mundo, dispuesto muchos años antes de mi nacimiento como una escenografía para mi representación. Una sinfonola tocaba el bolero. Hasta ese momento la música había sido nada más el Himno Nacional, los cánticos de mayo en la iglesia, Cri Cri, sus canciones infantiles –Los caballitos, Marcha de las letras, Negrito sandía, El ratón vaquero, Juan Pestañas– y la melodía circular, envolvente, húmeda de Ravel con que la XEQ iniciaba sus transmisiones a las seis y media, cuando mi padre encendía el radio para despertarme con el estruendo de La Legión de los Madrugadores. Al escuchar el otro bolero que nada tenía que ver con el de Ravel, me llamó la atención la letra. Por alto esté el cielo en el mundo, por hondo que sea el mar profundo.

Miré la avenida Álvaro Obregón y me dije: Voy a guardar intacto el recuerdo de este instante porque todo lo que existe ahora mismo nunca volverá a ser igual. Un día lo veré como la más remota prehistoria. Voy a conservarlo entero porque hoy me enamoré de Mariana. ¿Qué va a pasar? No pasará nada. Es imposible que algo suceda. ¿Qué haré? ¿Cambiarme de escuela para no ver a Jim y por tanto no ver a Mariana? ¿Buscar a una niña de mi edad? Pero a mi edad nadie puede buscar a ninguna niña. Lo único que puede es enamorarse en secreto, en silencio, como yo de Mariana. Enamorarse sabiendo que todo está perdido y no hay ninguna esperanza.

VI

Obsesión

....

Cuánto tardaste. Mamá, le dije que iba a merendar a casa de Jim. Sí, pero nadie te dio permiso para volver a estas horas: son ocho y media. Estaba preocupadísima: pensé que te mataron o te secuestró el Hombre del Costal. Qué porquerías habrás comido. Ve tú a saber quiénes serán los padres de *tu amiguito*. ¿Es ese mismo con el que vas al cine?

Sí. Su papá es muy importante. Trabaja en el gobierno. ¿En el gobierno? ¿Y vive en ese mugroso edificio? ¿Por qué nunca me habías contado? ¿Cómo dijiste que se llama? Imposible: Conozco a la esposa. Es íntima amiga de tu tía Elena. No tienen hijos. Es una tragedia en medio de tanto poder y tanta riqueza. Te están tomando el pelo, Carlitos. Quién sabe con qué fines pero te están tomando el pelo. Voy a pedirle a tu profesor que desenrede tanto misterio. No, por favor, se lo suplico: no le diga nada a Mondragón. ¿Qué pensaría la mamá de Jim si se enterase? La señora fue muy buena conmigo. Ahora sí, sólo eso me faltaba. ¿Qué secreto te traes? Di la verdad: ¿No fuiste a casa del tal Jim?

Finalmente convencí a mi madre. De todos modos le quedó la sospecha de que algo extraño había ocurrido. Pasé un fin de semana muy triste. Volví a ser niño y regresé a la plaza Ajusco a jugar solo con mis carritos de madera. La plaza Ajusco adonde me llevaban recién nacido a tomar sol y en donde aprendí a caminar. Sus casas porfirianas, algunas ya demolidas para construir edificios horribles. Su fuente en forma de trébol, llena de insectos que se deslizaban sobre el agua. Y entre el parque y mi casa vivía doña Sara P. de Madero. Me parecía imposible ver de lejos a una persona de quien hablaban los libros de historia, protagonista de cosas ocurridas cuarenta años atrás. La viejecita frágil, dignísima, siempre de luto por su marido asesinado.

Jugaba en la plaza Ajusco y una parte de mí razonaba: ¿Cómo puedes haberte enamorado de Mariana si sólo la has visto una vez y por su edad podría ser tu madre? Es idiota y ridículo porque no hay ninguna posibilidad de que te corresponda. Pero otra parte, la más fuerte, no escuchaba razones: sólo repetía su nombre como si el pronunciarlo fuera a acercarla. El lunes resultó peor. Jim dijo: Le caíste muy bien a Mariana. Le gusta que seamos amigos. Pensé: Entonces me registra, se fijó en mí, se dio cuenta –un poco, cuando menos un poco– de en qué forma me ha impresionado.

Durante semanas y semanas preguntaba por ella con cualquier pretexto para que Jim no se extrañase. Trataba de camuflar mi interés y al mismo tiempo sacarle información sobre Mariana. Jim nunca me dijo nada que yo no supiera. Al parecer ignoraba su propia historia. No me imagino cómo podían saberla los demás. Una y otra vez le rogaba que me llevara a su casa para ver los juguetes, los libros ilustrados, los cómics. Jim leía cómics en inglés que Mariana le compraba en Sanborns. Por lo tanto despreciaba nuestras lecturas: Pepín, Paquín, Chamaco, Cartones; para algunos privilegiados el Billiken argentino o El Peneca chileno.

Como siempre nos dejaban mucha tarea sólo podía ir los viernes a casa de Jim. A esa hora Mariana se hallaba en el salón de belleza, arreglándose para salir de noche con el Señor. Volvía a las ocho y media o nueve y jamás pude quedarme a esperarla. En el refrigerador estaba lista la merienda: ensalada de pollo, cole-slaw, carnes frías, pay de manzana. Una vez, al abrir Jim un clóset, cayó una foto de Mariana a los seis meses, desnuda sobre una piel de tigre. Sentí una gran ternura al pensar en lo que por obvio nunca se piensa: Mariana también fue niña, también tuvo mi edad, también sería una mujer como mi madre y después una anciana como mi abuela. Pero en aquel entonces era la más hermosa del mundo y yo pensaba en ella en todo momento. Mariana se había convertido en mi obsesión. Por alto esté el cielo en el mundo, por hondo que sea el mar profundo.

VII

Hoy como nunca

Hasta que un día –un día nublado de los que me encantan y no le gustan a nadie– sentí que era imposible resistir más. Estábamos en clase de lengua nacional como se le llamaba al español. Mondragón nos enseñaba el pretérito pluscuamperfecto de subjuntivo: Hubiera o hubiese amado, hubieras o hubieses amado, hubiera o hubiese amado, hubiéramos o hubiésemos amado, hubierais o hubieseis amado, hubieran o hubiesen amado. Eran las once. Pedí permiso para ir al baño. Salí en secreto de la escuela. Toqué el timbre del departamento cuatro. Una dos tres veces. Al fin me abrió Mariana: fresca, hermosísima, sin maquillaje. Llevaba un kimono de seda. Tenía en la mano un rastrillo como el de mi padre pero en miniatura. Cuando llegué se estaba afeitando las axilas, las piernas. Por supuesto se asombró al verme. Carlos, ¿qué haces aquí? ¿Le ha pasado algo a Jim? No, no señora: Jim está muy bien, no pasa nada.

Nos sentamos en el sofá. Mariana cruzó las piernas. Por un segundo el kimono se entreabrió levemente. Las rodillas, los muslos, los senos, el vientre plano, el misterioso sexo escondido. No pasa nada, repetí. Es que... No sé cómo decirle, señora. Me da tanta pena. Qué va a pensar usted de mí. Carlos, de verdad no te entiendo. Me parece muy extraño verte así y a esta hora. Deberías estar en clase, ¿no es cierto? Sí claro, pero es que ya no puedo, ya no pude. Me escapé, me salí sin permiso. Si me cachan me expulsan. Nadie sabe que estoy con usted. Por favor, no le vaya a decir a nadie que vine. Y a Jim, se lo suplico, menos que a nadie. Prométalo.

Vamos a ver: ¿Por qué andas tan exaltado? ¿Ha ocurrido algo malo en tu casa? ¿Tuviste algún problema en la escuela? ¿Quieres un chocomilk, una Coca-Cola, un poco de agua mineral? Ten confianza en mí. Dime en qué forma puedo ayudarte. No, no puede ayudarme, señora. ¿Por qué no, Carlitos? Porque lo que vengo a decirle –ya de una vez, señora, y perdóneme– es que estoy enamorado de usted.

Pensé que iba a reírse, a gritarme: Estás loco. O bien: Fuera de aquí, voy a acusarte con tus padres y con tu profesor. Temí todo esto: lo natural. Sin embargo Mariana no se indignó ni se burló. Se quedó mirándome tristísima. Me tomó la mano (nunca voy a olvidar que me tomó la mano) y me dijo:

Te entiendo, no sabes hasta qué punto. Ahora tú tienes que comprenderme y darte cuenta de que eres un niño como mi hijo y yo para ti soy una anciana: acabo de cumplir veintiocho años. De modo que ni ahora ni nunca podrá haber nada entre nosotros. ¿Verdad que me entiendes? No quiero que sufras. Te esperan tantas cosas malas, pobrecito. Carlos, toma esto como algo divertido. Algo que cuando crezcas puedas recordar con una sonrisa, no con resentimiento. Vuelve a la casa con Jim y sigue tratándome como lo que soy: la madre de tu mejor amigo. No dejes de venir con Jim, como si nada hubiera ocurrido, para que se te pase la *infatuation* –perdón: el enamoramiento– y no se convierta en un problema para ti, en un drama capaz de hacerte daño toda tu vida.

Sentí ganas de llorar. Me contuve y dije: Tiene razón, señora. Me doy cuenta de todo. Le agradezco mucho que se porte así. Discúlpeme. De todos modos tenía que decírselo. Me iba a morir si no se lo decía. No tengo nada que perdonarte, Carlos. Me gusta que seas honesto y que enfrentes tus cosas. Por favor no le cuente a Jim. No le diré, pierde cuidado.

Solté mi mano de la suya. Me levanté para salir. Entonces Mariana me retuvo: Antes de que te vayas ¿puedo pedirte un favor?: Déjame darte un beso. Y me dio un beso, un beso rápido, no en los labios sino en las comisuras. Un beso como el que recibía Jim antes de irse a la escuela. Me estremecí. No la besé. No dije nada. Bajé corriendo las escaleras. En vez de regresar a clases caminé hasta Insurgentes. Después llegué en una confusión total a mi casa. Pretexté que estaba enfermo y quería acostarme.

Pero acababa de telefonear el profesor. Alarmados al ver que no aparecía, me buscaron en los baños y por toda la escuela. Jim afirmó: Debe de haber ido a visitar a mi mamá. ¿A estas horas? Sí: Carlitos es un tipo muy raro. Quién sabe qué se trae. Yo creo que no anda bien de la cabeza. Tiene un hermano gángster medioloco.

Mondragón y Jim fueron al departamento. Mariana confesó que yo había estado allí unos minutos porque el viernes anterior olvidé mi libro de historia. Y a Jim le dio rabia esta mentira. No sé cómo pero vio claro todo y le explicó al profesor. Mondragón habló a la fábrica y a la casa para contar lo que yo había hecho, aunque Mariana lo negaba. Su negativa me volvió aún más sospechoso a los ojos de Jim, de Mondragón, de mis padres.

OBREGON BUCAREL
2434

VIII

Príncipe de este mundo

Nunca pensé que fueras un monstruo. ¿Cuándo has visto aquí malos ejemplos? Dime que fue Héctor quien te indujo a esta barbaridad. El que corrompe a un niño merece la muerte lenta y todos los castigos del infierno. Anda, habla, no te quedes llorando como una mujerzuela. Di que tu hermano te malaconsejó para que lo hicieras.

Oiga usted, mamá, no creo haber hecho algo tan malo, mamá. Todavía tienes el cinismo de alegar que no has hecho nada malo. En cuanto se te baje la fiebre vas a confesarte y a comulgar para que Dios Nuestro Señor perdone tu pecado. Mi padre ni siquiera me regañó. Se limitó a decir: Este niño no es normal. En su cerebro hay algo que no funciona. Debe de ser el golpe que se dio a los seis meses cuando se nos cayó en la plaza Ajusco. Voy a llevarlo con un especialista.

Todos somos hipócritas, no podemos vernos ni

juzgarnos como vemos y juzgamos a los demás. Hasta yo que no me daba cuenta de nada sabía que mi padre llevaba años manteniendo la casa chica de una señora, su ex secretaria, con la que tuvo dos niñas. Recordé lo que me pasó una vez en la peluquería mientras esperaba mi turno. Junto a las revistas políticas estaban Vea y Vodevil. Aproveché que el peluquero y su cliente, absortos, hablaban mal del gobierno. Escondí el Vea dentro del Hoy y miré las fotos de Tongolele, Su Muy Key, Kalantán, casi desnudas. Las piernas, los senos, la boca, la cintura, las caderas, el misterioso sexo escondido.

El peluquero –que afeitaba todos los días a mi padre y me cortaba el pelo desde que cumplí un año– vio por el espejo la cara que puse. Deja eso, Carlitos. Son cosas para grandes. Te voy a acusar con tu papá. De modo, pensé, que si eres niño no tienes derecho a que te gusten las mujeres. Y si no aceptas la imposición se forma el gran escándalo y hasta te juzgan loco. Qué injusto.

¿Cuándo, me pregunté, había tenido por vez primera conciencia del deseo? Tal vez un año antes, en el cine Chapultepec, frente a los hombros desnudos de Jennifer Jones en Duelo al sol. O más bien al ver las piernas de Antonia cuando se subía las faldas para trapear el suelo pintado de congo amarillo. Antonia era muy linda y era buena conmigo. Sin embargo yo le decía: Eres mala porque ahorcas a las gallinas. Me angustiaba verlas agonizar. Mejor comprarlas muertas y desplumadas. Pero esa costumbre apenas se iniciaba. Antonia se fue porque Héctor no la dejaba en paz.

No volví a la escuela ni me dejaron salir a ningún lado. Fuimos a la iglesia de Nuestra Señora del Rosario adonde íbamos los domingos a oír misa, hice mi primera comunión y, gracias a mis primeros viernes, seguía acumulando indulgencias. Mi madre se quedó en una banca, rezando por mi alma en peligro de eterna condenación. Me hinqué ante el confesionario. Muerto de vergüenza, le dije todo al padre Ferrán.

En voz baja y un poco acezante el padre Ferrán me preguntó detalles: ¿Estaba desnuda? ¿Había un hombre en la casa? ¿Crees que antes de abrirte la puerta cometió un acto sucio? Y luego: ¿Has tenido malos tactos? ¿Has provocado derrame? No sé qué es eso, padre. Me dio una explicación muy amplia. Luego se arrepintió, cayó en cuenta de que hablaba con un niño incapaz de producir todavía la materia prima para el derrame, y me echó un discurso que no entendí: Por obra del pecado original, el demonio es el príncipe de este mundo y nos tiende trampas, nos presenta ocasiones para desviarnos del amor a Dios y obligarnos a pecar: una espina más en la corona que hace sufrir a Nuestro Señor Jesucristo.

Dije: Sí, padre; aunque no podía concebir al demonio ocupándose personalmente de hacerme caer en tentación. Mucho menos a Cristo sufriendo porque yo me había enamorado de Mariana. Como es de rigor, manifesté propósito de enmienda. Pero no estaba arrepentido ni me sentía culpable: querer a alguien no es pecado, el amor está bien, lo único demoniaco es el odio. Aquella tarde el argumento del padre Ferrán me impresionó menos que su involuntaria guía práctica para la masturbación. Llegué a mi casa con ganas de intentar los malos tactos y conseguir el derrame. No lo hice. Recé veinte padresnuestros y cincuenta avemarías. Comulgué al día siguiente. Por la noche me llevaron al consultorio psiquiátrico de paredes blancas y muebles niquelados.

IX

Inglés obligatorio

....

El psiquiatra me interrogó y apuntó cuanto le decía en unas hojas amarillas rayadas. No supe contestar. Yo ignoraba el vocabulario de su oficio y no hubo ninguna comunicación posible. Nunca me había imaginado las cosas que me preguntó acerca de mi madre y mis hermanas. Después me hicieron dibujar a cada miembro de la familia y pintar árboles y casas. Más tarde me examinaron con la prueba de Rorschach (¿Habrá alguien que no vea monstruos en las manchas de tinta?), con números, figuras geométricas y frases que yo debía completar. Eran tan bobas como mis respuestas:

"Mi mayor placer": Subirme a los árboles y escalar las fachadas de las casas antiguas, la nieve de limón, los días de lluvia, las películas de aventuras, las novelas de Salgari. O no: más bien quedarme en cama despierto. Pero mi padre me levanta a las seis y media para que haga ejercicio, inclusive sábados y domingos. "Lo que más odio": La crueldad con la gente y con los animales, la violencia, los gritos, la presunción, los abusos de los hermanos mayores, la aritmética, que haya quienes no tienen para comer mientras otros se quedan con todo; encontrar dientes de ajo en el arroz o en los guisados; que poden los árboles o los destruyan; ver que tiren el pan a la basura.

La muchacha que me hizo las últimas pruebas conversó delante de mí con el otro. Hablaron como si yo fuera un mueble. Es un problema edípico clarísimo, doctor. El niño tiene una inteligencia muy por debajo de lo normal. Está sobreprotegido y es sumiso. Madre castrante, tal vez escena primaria: fue a ver a esa señora a sabiendas de que podría encontrarla con su amante. Discúlpeme, Elisita, pero creo todo lo contrario: el chico es listísimo y extraordinariamente precoz, tanto que a los quince años podría convertirse en un perfecto idiota. La conducta atípica se debe a que padece desprotección, rigor excesivo de ambos progenitores, agudos sentimientos de inferioridad: Es, no lo olvide, de muy corta estatura para su edad y resulta el último de los hermanos varones. Fíjese cómo se identifica con las víctimas, con los animales y los árboles que no pueden defenderse. Anda en busca del afecto que no encuentra en la constelación familiar.

Me dieron ganas de gritarles: Imbéciles, siquiera pónganse de acuerdo antes de seguir diciendo pendejadas en un lenguaje que ni ustedes mismos entienden. ¿Por qué tienen que pegarle etiquetas a todo? ¿Por qué no se dan cuenta de que uno simplemente se enamora de alguien? ¿Ustedes nunca se han enamorado de nadie? Pero el tipo vino hacia mí y dijo: Ya puedes irte, mano. Enviaremos el resultado de los tests a tu papi.

Mi padre me esperaba muy serio en la antesala, entre números maltratados de Life, Look, Holiday, orgulloso de poder leerlos de corrido. Acababa de aprobar, el primero en su grupo de adultos, un curso nocturno e intensivo de inglés y a diario practicaba con discos y manuales. Qué curioso ver estudiando a una persona de su edad, a un hombre viejísimo de 48 años. Muy de mañana, después del ejercicio y antes del desayuno, repasaba sus verbos irregulares –be, was/were, been; have, had, had; get, got, gotten; break, broke, broken; forget, forgot, forgotten– y sus pronunciaciones –apple, world, country, people, business– que para Jim eran tan naturales y para él resultaban de lo más complicado.

Fueron semanas terribles. Sólo Héctor tomaba

mi defensa: Te vaciaste, Carlitos. Me pareció estupenda puntada. Mira que meterte a tu edad con esa tipa que es un auténtico mango, de veras está más buena que Rita Hayworth. Qué no harás, pinche Carlos, cuando seas grande. Haces bien lanzándote desde ahora a tratar de coger, aunque no puedas todavía, en vez de andar haciéndote la chaqueta. Qué espléndido que con tantas hermanas tú y yo no salimos para nada maricones. Ora cuídate, Carlitos: no sea que ese cabrón vaya a enterarse y te eche a sus pistoleros y te rompan la madre. Pero, hombre, Héctor, no es para tanto. Nomás le dije que estaba enamorado de ella. Qué tiene de malo. No hice nada de nada. En serio no me explico el escándalo.

Tenía que suceder –se obstinaba mi madre–: por la avaricia de tu papá, que no tiene dinero para sus hijos aunque le sobra para derrocharlo en *otros* gastos, fuiste a caer, pobre niño, en una escuela de pelados. Imagínate: admiten al hijo de una cualquiera. Hay que inscribirte en un lugar donde sólo haya gente de nuestra clase. Y Héctor: Pero, mamá, ¿cuál clase? Somos puritito medio-pelo, típica familia venida a menos de la colonia Roma: la esencial clase media mexicana. Allí está bien Carlos. Su escuela es nuestro nivel. ¿Adónde va usted a meterlo?

X

La lluvia de fuego

Mi madre insistía en que la nuestra –es decir, la suya– era una de las mejores familias de Guadalajara. Nunca un escándalo como el mío. Hombres honrados y trabajadores. Mujeres devotas, esposas abnegadas, madres ejemplares. Hijos obedientes y respetuosos. Pero vino la venganza de la indiada y el peladaje contra la decencia y la buena cuna. La Revolución –esto es, el viejo cacique– se embolsó nuestros ranchos y nuestra casa de la calle de San Francisco, bajo pretexto de que en la familia hubo muchos cristeros. Para colmo mi padre –despreciado, a pesar de su título de ingeniero, por ser hijo de un sastre– dilapidó la herencia del suegro en negocios absurdos como un intento de línea aérea entre las ciudades del centro y otro de exportación de tequila a los Estados Unidos. Luego, a base de préstamos de mis tíos maternos, compró la fábrica de jabón que anduvo bien durante la guerra y se hundió cuando las compañías norteamericanas invadieron el mercado nacional.

Y por eso, no cesaba de repetirlo mi madre, estábamos en la maldita ciudad de México. Lugar infame, Sodoma y Gomorra en espera de la lluvia de fuego, infierno donde sucedían monstruosidades nunca vistas en Guadalajara como el crimen que yo acababa de cometer. Siniestro Distrito Federal en que padecíamos revueltos con gente de lo peor. El contagio, el mal ejemplo. Dime con quién andas y te diré quién eres. Cómo es posible, repetía, que en una escuela que se supone *decente* acepten al bastardo (¿qué es bastardo?), o mejor dicho al máncer de una mujer pública. Porque en realidad no se sabe quién habrá sido el padre entre todos los clientes de esa ramera pervertidora de menores. (¿Qué significa máncer? ¿Qué quiere decir mujer pública? ¿Por qué la llama ramera?)

Mi madre se había olvidado de Héctor. Héctor se vanagloriaba de ser *conejo* de la Universidad. Decía que él fue uno de los militantes derechistas que expulsaron al rector Zubirán y borraron el letrero "Dios no existe" en el mural que Diego Rivera pintó en el Hotel Del Prado. Héctor leía Mi lucha, libros sobre el mariscal Rommel, la

Breve historia de México del maestro Vasconcelos, Garañón en el harén, Las noches de la insaciable, Memorias de una ninfómana, novelitas pornográficas impresas en La Habana que se vendían bajo cuerda en San Juan de Letrán y en los alrededores del Tívoli. Mi padre devoraba Cómo ganar amigos e influir en los negocios, El dominio de sí mismo, El poder del pensamiento positivo, La vida comienza a los cuarenta. Mi madre escuchaba todas las radionovelas de la XEW mientras hacía sus quehaceres y a veces descansaba leyendo algo de Hugo Wast o M. Delly.

Héctor, quién lo viera ahora. El industrial enjuto, calvo, solemne y elegante en que se ha convertido mi hermano. Tan grave, tan serio, tan devoto, tan respetable, tan digno en su papel de hombre de empresa al servicio de las transnacionales. Caballero católico, padre de once hijos, gran señor de la extrema derecha mexicana. (En esto al menos ha sido de una coherencia a toda prueba.)

Pero en aquella época: sirvientas que huían porque "el joven" trataba de violarlas (guiado por la divisa de su pandilla: "Carne de gata, buena y barata", Héctor irrumpía a medianoche, desnudo y erecto, enloquecido por sus novelitas, en el cuarto de la azotea; forcejeaba con las muchachas y durante los ataques y defensas Héctor eyaculaba en sus camisones sin lograr penetrarlas: los gritos despertaban a mis padres; subían; mis hermanas y yo observábamos todo agazapados en la escalera de caracol; regañaban a Héctor, amenazaban con echarlo de la casa y a esas horas despedían a la criada, aún más culpable que "el joven" por andar *provocándolo*); enfermedades venéreas que le contagiaban las putas de Meave o bien las del 2 de Abril; un pleito de bandas rivales en los bordes del río de La Piedad: a Héctor de una pedrada le rompieron los incisivos; él con una varilla le fracturó el cráneo a un cerrajero; una visita a la delegación porque Héctor se endrogó con sus amigos del parque Urueta e hizo destrozos en un café de chinos; mi padre tuvo que pagar la multa y los daños y mover influencias en el gobierno para que Héctor no fuera a la cárcel. Cuando escuché que se había endrogado creí que Héctor debía dinero, pues en mi casa siempre se les llamó drogas a las deudas. (En este sentido mi padre era el perfecto drogadicto.) Más tarde Isabel, mi hermana mayor, me explicó de qué se trataba. Era natural que Héctor simpatizara conmigo: por un momento le había quitado su lugar como oveja negra.

XI

Espectros

....

También hubo líos a principios de año cuando Isabel se hizo novia de Esteban. En los treinta había sido famoso como actor infantil. Al crecer perdió su vocecita y su cara de inocencia. Ya no le dieron papeles en cine ni en teatro: Esteban se ganaba la vida leyendo chistes en la XEW, bebía como loco, estaba empeñado en casarse con Isabel e ir a probar suerte en Hollywood aunque no sabía una palabra de inglés. Llegaba a verla borracho, sin corbata, oliendo a rayos, con el traje manchado y los zapatos sucios.

Nadie se lo explicaba. Pero Isabel era aficionada fanática. Esteban le parecía maravilloso porque Isabel lo vio en su época de oro y, a falta de Tyrone Power, Errol Flynn, Clark Gable, Robert Mitchum o Cary Grant, Esteban representaba su única posibilidad de besar a un artista de cine. Aunque fuera de cine mexicano, tema predilecto de las burlas familiares, casi tan socorrido por nosotros como el régimen de Miguel Alemán. ¿Ya viste qué cara de chofer tiene el tal Pedro Infante? Sí claro, con razón les encanta a las gatas.

Una noche mi padre sacó a Esteban a gritos y empujones: al llegar tardísimo de su clase de inglés, lo encontró en la sala a media luz con la mano metida bajo la falda de Isabel. Héctor lo golpeó en la calle, lo derribó y lo siguió pateando hasta que Esteban pudo levantarse ensangrentado y huir como un perro. Isabel le retiró la palabra a Héctor y se dedicó a hostilizarme por cualquier motivo, si bien yo había tratado de frenar a mi hermano cuando pateaba en el suelo al pobre de Esteban. Isabel y Esteban no volvieron a encontrarse jamás: poco después, aniquilado por el fracaso, la miseria y el alcoholismo, Esteban se ahorcó en un ínfimo hotel de Tacubaya. A veces pasan por televisión sus viejas películas y me parece que contemplo a un fantasma.

Pero en aquel momento la única ventaja fue quedarme con un cuarto propio. Hasta entonces había dormido en camas gemelas con Estelita, mi hermana menor. Cuando me declararon perverso, mi madre juzgó que la niña corría peligro. La cambiaron a la pieza de las mayores, con gran disgusto de Isabel, que estudiaba en la Preparatoria, y de Rosa María que acababa de recibirse de secretaria en inglés y español.

Héctor pidió que compartiéramos la habitación. Mis padres se negaron. A raíz de sus hazañas policiales y su último intento de forzar a una criada, Héctor dormía bajo candado en el sótano. Sólo le daban cobijas y un colchón viejo. Su antigua recámara la utilizaba mi padre para guardar la contabilidad secreta de la fábrica y repetir mil veces cada lección de sus discos. At what time did you go to bed last night, that you are not yet up? I went to bed very late, and I overslept myself. I could not sleep until four o'clock in the morning. My servant did not call me, therefore I did not wake up. No conozco otra persona adulta que en efecto haya aprendido a hablar inglés en menos de un año. No le quedaba otro remedio.

Escuché sin ser visto una conversación entre mis padres. Pobre Carlitos. No te preocupes, se le pasará. No, esto lo va a afectar toda su vida. Qué mala suerte. Cómo pudo ocurrirle a nuestro hijo. Fue un accidente, como si lo hubiera atropellado un camión, haz de cuenta. Dentro de unas semanas ya ni se acordará. Si hoy le parece injusto lo que hemos hecho, cuando crezca comprenderá que ha sido por su bien. Es la inmoralidad que se respira en este país bajo el más corrupto de los regímenes. Ve las revistas, el radio, las películas: todo está hecho para corromper al inocente.

Así pues, estaba solo, nadie podía ayudarme. El mismo Héctor consideraba todo una travesura, algo divertido, un vidrio roto por un pelotazo. Ni mis padres ni mis hermanos ni Mondragón ni el padre Ferrán ni los autores de los tests se daban cuenta de nada. Me juzgaban según leyes en las que no cabían mis actos.

Entré en la nueva escuela. No conocía a nadie. Una vez más fui el intruso extranjero. No había árabes ni judíos ni becarios pobres ni batallas en el desierto –aunque sí, como siempre, inglés obligatorio. Las primeras semanas resultaron infernales. Pensaba todo el tiempo en Mariana. Mis padres creyeron que me habían curado el castigo, la confesión, las pruebas psicológicas de las que nunca pude enterarme. Sin embargo, a escondidas y con gran asombro del periodiquero, compraba Vea y Vodevil, practicaba los malos tactos sin conseguir el derrame. La imagen de Mariana reaparecía por encima de Tongolele, Kalantán, Su Muy Key. No, no me había curado: el amor es una enfermedad en un mundo en que lo único natural es el odio.

Desde luego no volví a ver a Jim. No me atrevía a acercarme a su casa ni a la antigua escuela.

CERVEZA
XX
MOCTEZUMA
REMY
MARTIN
EL COGNAC
DE FRANCIA
GNAC
RTELL
BAMA LA
HASTE
ARMACIA
CLUB

Al pensar en Mariana el impulso de ir a su encuentro se mezclaba a la sensación de molestia y ridículo. Qué estupidez meterme en un lío que pude haber evitado con sólo resistirme a mi imbécil declaración de amor. Tarde para arrepentirme: hice lo que debía y ni siquiera ahora, tantos años después, voy a negar que me enamoré de Mariana.

XII

Colonia roma

....

Hubo un gran temblor en octubre. Apareció un cometa en noviembre. Dijeron que anunciaba la guerra atómica y el fin del mundo o cuando menos otra revolución en México. Luego se incendió la ferretería La Sirena y murieron muchas personas. Al llegar las vacaciones de fin de año todo era muy distinto para nosotros: mi padre había vendido la fábrica y acababan de nombrarlo gerente al servicio de la empresa norteamericana que absorbió sus marcas de jabones. Héctor estudiaba en la Universidad de Chicago y mis hermanas mayores en Texas.

Un mediodía yo regresaba de jugar tenis en el Junior Club. Iba leyendo una novelita de Perry Mason en la banca transversal de un Santa María cuando, en la esquina de Insurgentes y Álvaro Obregón, Rosales pidió permiso al chofer y subió con una caja de chicles Adams. Me vio. A toda velocidad bajó apenadísimo a esconderse tras un árbol cerca de "Alfonso y Marcos", donde mi madre se hacía permanente y maniquiur antes de tener coche propio y acudir a un salón de Polanco.

Rosales, el niño más pobre de mi antigua escuela, hijo de la afanadora de un hospital. Todo ocurrió en segundos. Bajé del Santa María ya en movimiento, Rosales intentó escapar, fui a su alcance. Escena ridícula: Rosales, por favor, no tengas pena. Está muy bien que trabajes (yo que nunca había trabajado). Ayudar a tu mamá no es ninguna vergüenza, todo lo contrario (yo en el papel de la Doctora Corazón desde su Clínica de Almas). Mira, ven, te invito un helado en La Bella Italia. No sabes cuánto gusto me da verte (yo el magnánimo que a pesar de la devaluación y de la inflación tenía dinero de sobra). Rosales hosco, pálido, retrocediendo. Hasta que al fin se detuvo y me miró a los ojos.

No, Carlitos, mejor una torta, si eres tan amable. No me he desayunado. Me muero de hambre. Oye ¿no me tienes coraje por nuestros pleitos? Qué va, Rosales, los pleitos ya qué importan (yo el generoso, capaz de perdonar porque se ha vuelto invulnerable). Bueno, muy bien, Carlitos: vamos a sentarnos y conversamos.

Cruzamos Obregón, atravesamos Insurgentes.

Cuéntame: ¿Pasaste de año? ¿Cómo le fue a Jim en los exámenes? ¿Qué dijeron cuando ya no regresé a clases? Rosales callado. Nos sentamos en la tortería. Pidió una de chorizo, dos de lomo y un Sidral Mundet. ¿Y tú, Carlitos: no vas a comer? No puedo: me esperan en mi casa. Hoy mi mamá hizo rosbif que me encanta. Si ahora pruebo algo, después no como. Tráigame, por favor, una Coca bien fría.

Rosales puso la caja de chicles Adams sobre la mesa. Miró hacia Insurgentes: los Packards, los Buicks, los Hudsons, los tranvías amarillos, los postes plateados, los autobuses de colores, los transeúntes todavía con sombrero: la escena y el momento que no iban a repetirse jamás. En el edificio de enfrente, General Electric, calentadores Helvex, estufas Mabe. Largo silencio, mutua incomodidad. Rosales inquietísimo, esquivando mis ojos. Las manos húmedas repasaban el gastado pantalón de mezclilla.

Trajeron el servicio. Rosales mordió la torta de chorizo. Antes de masticar el bocado tomó un trago de sidral para humedecerlo. Me dio asco. Hambre atrasada y ansiedad: devoraba. Con la boca llena me preguntó: ¿Y tú? ¿Pasaste de año a pesar del cambio de escuela? ¿Te irás de vacaciones a algún lado? En la sinfonola terminó La múcura y empezó Riders in the Sky. En Navidad vamos a reunirnos con mis hermanos en Nueva York. Tenemos reservaciones en el Plaza. ¿Sabes lo que es el Plaza? Pero oye: ¿Por qué no me contestas lo que te pregunté?

Rosales tragó saliva, torta, sidral. Temí que se asfixiara. Bueno, Carlitos, es que, mira, no sé cómo decirte: en nuestro salón se supo todo. ¿Qué es todo? Eso de la mamá. Jim lo comentó con cada uno de nosotros. *Te odia*. Nos dio mucha risa lo que hiciste. Qué loco. Para colmo, alguien te vio en la iglesia confesándote después de tu declaración de amor. Y en alguna forma se corrió la voz de que te habían llevado con el loquero.

No contesté. Rosales siguió comiendo en silencio. De pronto alzó la vista y me miró: Yo no quería decirte, Carlitos, pero eso no es lo peor. No, que otro te diga. Déjame acabarme mis tortas. Están riquísimas. Llevo un día sin comer. Mi mamá se quedó sin trabajo porque trató de formar un sindicato en el hospital. Y el tipo que ahora vive con ella dice que, como no soy hijo suyo, él no está obligado a mantenerme. Rosales, de verdad lo siento; pero eso no es asunto mío y no tengo por qué meterme. Come lo que quieras y cuanto quieras –yo pago– pero dime qué es lo peor.

Bueno, Carlitos, es que me da mucha pena, no sabes. Anda ya de una vez, no me chingues, Rosales; habla, di lo que me ibas a decir. Es que mira, Carlitos, no sé cómo decirte: la mamá de Jim murió.

¿Murió? ¿Cómo que murió? Sí, sí: Jim ya no está en la escuela: desde octubre vive en San Francisco. Se lo llevó su verdadero papá. Fue espantoso. No te imaginas. Parece que hubo un pleito o algo con el Señor ese del que Jim decía que era su padre y no era. Estaban él y la señora –se llamaba Mariana, ¿no es cierto?– en un cabaret, en un restorán o en una fiesta muy elegante en Las Lomas. Discutieron por algo que ella dijo de los robos en el gobierno, de cómo se derrochaba el dinero arrebatado a los pobres. Al Señor no le gustó que le alzara la voz allí delante de sus amigos poderosísimos: ministros, extranjeros millonarios, grandes socios de sus enjuagues, en fin. Y la abofeteó delante de todo el mundo y le gritó que ella no tenía derecho a hablar de honradez porque era una puta.

Mariana se levantó y se fue a su casa en un libre y se tomó un frasco de Nembutal o se abrió las venas con una hoja de rasurar o se pegó un tiro o hizo todo esto junto, no sé bien cómo estuvo. El caso es que al despertar Jim la encontró muerta, bañada en sangre. Por poco él también se muere del dolor y del susto. Como no estaba el portero del edificio, Jim fue a avisarle a Mondragón: no tenía a nadie más. Y ya ni modo: se enteró toda la escuela. Hubieras visto el montonal de curiosos y la Cruz Verde y el agente del ministerio público y la policía.

No me atreví a verla muerta, pero cuando la sacaron en camilla las sábanas estaban todas llenas de sangre. Para todos nosotros fue lo más horrible que nos ha pasado en la vida. Su mamá le dejó a Jim una carta en inglés, una carta muy larga en que le pedía perdón y le explicaba lo que te conté. Creo que también escribió otros recados –a lo mejor había uno para ti, cómo saberlo– aunque se hicieron humo, pues el Señor de inmediato le echó tierra al asunto y nos prohibieron hacer comentarios entre nosotros y sobre todo en nuestras casas. Pero ya ves cómo vuelan los chismes y qué difícil es guardar un secreto. Pobre Jim, pobre cuate, tanto que lo fregamos en la escuela. De verdad me arrepiento.

Rosales, no es posible. Me estás vacilando. Todo eso que me cuentas lo inventaste. Lo viste en una pinche película mexicana de las que te gustan. Lo escuchaste en una radionovela cursi de la XEW. Esas cosas no pueden pasar. No me hagas bromas así, por favor.

Es la verdad, Carlitos. Por Dios Santo te juro que es cierto. Que se muera mi mamá si te he dicho mentiras. Pregúntale a quien quieras de la escuela. Habla con Mondragón. Todos lo saben aunque no salió en los periódicos. Me extraña que hasta ahora te enteres. Conste que yo no quería ser el que te lo dijera: por eso me escondí, no por los chicles. Carlitos, no pongas esa cara: ¿estás llorando? Ya sé que es muy terrible y espantoso lo que pasó. A mí también me impresionó como no te imaginas. Pero no me vas a decir que, en serio, a tu edad, estabas enamorado de la mamá de Jim.

En vez de contestar me levanté, pagué con un billete de diez pesos y salí sin esperar el cambio ni despedirme. Vi la muerte por todas partes: en los pedazos de animales a punto de convertirse en tortas y tacos entre la cebolla, los tomates, la lechuga, el queso, la crema, los frijoles, el guacamole, los chiles jalapeños. Animales vivos como los árboles que acababan de talarle a Insurgentes. Vi la muerte en los refrescos: Mission Orange, Spur, Ferroquina. En los cigarros: Belmont, Gratos, Elegantes, Casinos.

Corrí por la calle de Tabasco diciéndome, tratando de decirme: Es una chingadera de Rosales, una broma imbécil, siempre ha sido un cabrón.

Quiso vengarse de que lo encontré muertodehambre con su cajita de chicles y yo con mi raqueta de tenis, mi traje blanco, mi Perry Mason en inglés, mis reservaciones en el Plaza. No me importa que abra la puerta Jim. No me importa el ridículo. Aunque todos vayan a reírse de mí quiero ver a Mariana. Quiero comprobar que no está muerta Mariana.

Llegué al edificio, me sequé las lágrimas con un clínex, subí las escaleras, toqué el timbre del departamento cuatro. Salió una muchacha de unos quince años. ¿Mariana? No, aquí no vive ninguna señora Mariana. Ésta es la casa de la familia Morales. Nos cambiamos hace dos meses. No sé quién habrá vivido antes aquí. Mejor pregúntale al portero.

Mientras hablaba la muchacha pude ver una sala distinta, sucia, pobre, en desorden. Sin el retrato de Mariana por Semo ni la foto de Jim en el Golden Gate ni las imágenes del Señor *trabajando al servicio de México* en el equipo del Presidente. En vez de todo aquello, La Última Cena en relieve metálico y un calendario con el cromo de La Leyenda de los Volcanes.

También el portero estaba recién llegado al edificio. Ya no era don Sindulfo, el de antes, el viejo ex coronel zapatista que se volvió amigo de Jim y a veces nos contaba historias de la Revolución y hacía la limpieza en su casa porque a Mariana no le gustaba tener sirvienta. No, niño: no conozco a ningún don Sindulfo ni tampoco a ese Jim que me dices. No hay ninguna señora Mariana. Ya no molestes, niño; no insistas. Le ofrecí veinte pesos. Ni mil que me dieras, niño: no puedo aceptarlos porque no sé nada de nada.

Sin embargo, tomó el billete y me dejó continuar la búsqueda. En ese momento me pareció recordar que el edificio era propiedad del Señor y tenía empleado a don Sindulfo porque su padre –al que Jim llamaba "mi abuelito"– había sido amigo del viejo cuando ambos pelearon en la Revolución. Toqué a todas las puertas. Yo tan ridículo con mi trajecito blanco y mi raqueta y mi Perry Mason, preguntando, asomándome, a punto de llorar otra vez. Olor a sopa de arroz, olor a chiles rellenos. En todos los departamentos me escucharon casi con miedo. Qué incongruencia mi trajecito blanco. Era la casa de la muerte y no una cancha de tenis.

Pues no. Estoy en este edificio desde 1939 y, que yo sepa, nunca ha vivido aquí ninguna señora Mariana. ¿Jim? Tampoco lo conocemos. En el ocho hay un niño más o menos de tu edad pero se llama Everardo. ¿En el departamento cuatro?

No, allí vivía un matrimonio de ancianitos sin hijos. Pero si vine un millón de veces a casa de Jim y de la señora Mariana. Cosas que te imaginas, niño. Debe de ser en otra calle, en otro edificio. Bueno, adiós; no me quites más tiempo. No te metas en lo que no te importa ni provoques más líos. Ya basta, niño, por favor. Tengo que preparar la comida; mi esposo llega a las dos y media. Pero, señora... Vete, niño, o llamo a la patrulla y te vas derechito al Tribunal de Menores.

Regresé a mi casa y no puedo recordar qué hice después. Debo de haber llorado días enteros. Luego nos fuimos a Nueva York. Me quedé en una escuela en Virginia. Me acuerdo, no me acuerdo ni siquiera del año. Sólo estas ráfagas, estos destellos que vuelven con todo y las palabras exactas. Sólo aquella cancioncita que no volveré a escuchar nunca. Por alto esté el cielo en el mundo, por hondo que sea el mar profundo.

Qué antigua, qué remota, qué imposible esta historia. Pero existió Mariana, existió Jim, existió cuanto me he repetido después de tanto tiempo de rehusarme a enfrentarlo. Nunca sabré si el suicidio fue cierto. Jamás volví a ver a Rosales ni a nadie de aquella época. Demolieron la escuela, demolieron el edificio de Mariana, demolieron mi casa, demolieron la colonia Roma. Se acabó esa ciudad. Terminó aquel país. No hay memoria del México de aquellos años. Y a nadie le importa: de ese horror quién puede tener nostalgia. Todo pasó como pasan los discos en la sinfonola. Nunca sabré si aún vive Mariana. Si hoy viviera tendría ya ochenta años.

Las batallas en el desierto

se terminó de imprimir
el 30 de junio de 2011 en
Litográfica Ingramex SA de CV
Centeno 162-1,
Col. Granjas Esmeralda
09810 México, D.F.

José Emilio Pacheco en Ediciones Era

Narrativa

El viento distante
Las batallas en el desierto
La sangre de Medusa y otros cuentos marginales
El principio del placer
Morirás lejos

Poesía completa

Los elementos de la noche
El reposo del fuego
No me preguntes cómo pasa el tiempo
Irás y no volverás
Islas a la deriva
Desde entonces
Los trabajos del mar
Miro la Tierra
Ciudad de la memoria
El silencio de la Luna
La arena errante
Siglo pasado (Desenlace)
El Cantar de los Cantares (versión)
La edad de las tinieblas
Como la lluvia

Antologías

Álbum de zoología
Ilustraciones de Francisco Toledo / Selección de Jorge Esquinca
Gota de lluvia y otros poemas para niños y jóvenes
Selección y prólogo de Julio Trujillo
La fábula del tiempo. Antología
Selección y prólogo de Jorge Fernández Granados